Ilane de Koppel

L'impasse

de la Rose

© 2023, Ilane de Koppel
Édition : BoD – Books on Demand, info@bod.fr
Impression : BoD – Books on Demand,
In de Tarpen 42, Norderstedt (Allemagne)
Impression à la demande
ISBN : 978-2-3221-5853-9
Dépôt légal : Mars 2023

AVERTISSEMENT

Toute ressemblance avec des personnages ou des faits ayant existé serait parfaitement fortuites et tout à fait surprenante étant donné que toute l'histoire qui va suivre n'a eu d'existence réelle que dans la tête de l'auteur !

Il n'y a aucun désir à raconter mille ans d'histoire, mais juste le souhait d'une histoire volontairement à rebours. Il n'est pas aussi facile que cela de déconstruire un environnement. Cette narration est à l'envers pour une exploration de l'exercice de style et pas du tout par souci historique.

On raconte souvent les faits allant du passé vers l'avenir ou bien au temps présent en faisant des flashbacks ; ici on remonte le temps, on déconstruit le décor et on va aux origines mais on démarre au présent.

C'est déroutant pour le lecteur ? C'est drôle à écrire pour l'auteur.

N'hésitez pas à me contacter ou me donner votre avis sur :

        ilane.dekoppel@gmail.com

LES HABITANTS DE LA ROSE ENTRE 1910 ET 2010

L'impasse de la Rose était la rue la plus visitée de Saint-Paul de Boismarin, c'était pourtant une impasse comme les autres, étroite, simple, courte et ancienne.

Il y avait plusieurs impasses à Saint-Paul : l'impasse de la Cigogne, l'impasse Saint-Georges et même l'impasse de la Prison.

On savait plus ou moins à Saint-Paul pourquoi elles s'appelaient ainsi.

De l'impasse de la Cigogne, on disait qu'autrefois plusieurs femmes stériles avaient eu des enfants après y avoir habité. La rumeur aidant, il n'avait pas été très compliqué à mettre en place une légende. Qui avait lancé cela en premier ? Les Saint-

Paulaises l'ignoraient. Mais il avait été relevé plusieurs fois des naissances après un séjour « aux cigognes ».

Le prix des loyers avait augmenté avec la légende et désormais les maisons se négociaient à prix d'or.

L'impasse Saint-Georges avait été baptisée ainsi en 1910. Chaque village alentour avait sa rue ou sa venelle sainte. La seule impasse du village à être vénérée était l'impasse de la Cigogne. Le curé de la commune voulut rectifier cela et demanda à ce que la petite ruelle donnant sur l'arrière de l'église soit nommée impasse Saint-Georges, en hommage à un ancien curé du village. Le maire et le conseil municipal anticléricaux au possible s'y opposèrent fermement, il s'en fallut de peu pour que le curé et le maire ne se disputent en public, l'un voulant recadrer ses ouailles, l'autre voulant garder ses citoyens. La séparation de l'Église et de l'État ! Mais le maire mourut subitement d'une crise cardiaque et le nouvel élu, ne voulant pas se mettre mal avec son curé fit baptiser l'impasse dès le lendemain de son investiture. Depuis maintenant plus de cent ans que l'impasse Saint-Georges existait, plus personne ne connaissait véritablement son histoire. Il fallait chercher dans les archives communales pour retrouver les rapports relatant les vives discussions qui avaient eu lieu entre l'ancien maire et le curé. C'était drôle à lire, Don Camillo et Pépone, mais cela n'intéressait plus personne.

Quant à l'impasse de la Prison, son nom remontait au siècle d'avant où la commune d'à côté, Boismarin, qui avait bien des difficultés avec ses manants et, à court de place dans sa prison, avait réquisitionné une maison à Saint-Paul qui se trouvait en haut de la rue de l'Octroi. Pour empêcher toute évasion des prisonniers, l'administration avait fermé cette rue par un immense mur et la rue de l'Octroi s'était transformée en impasse de la Prison. On entrait dans la cour par une petite porte et il n'y avait plus la possibilité de sortir sauf si l'on avait purgé sa peine. Les estafettes de la police étaient obligées de pénétrer dans l'impasse en marche arrière n'ayant pas la place de tourner en haut de la rue, jusqu'au jour où l'on considéra la prison trop vétuste et elle fut fermée. Le bâtiment avait été racheté par un riche industriel, Vincent Barenteau, PDG de la plus grosse entreprise de transport de Boismarin, qui n'avait pas hésité à exiger de la commune de faire prolonger la rue Monseigneur de l'autre côté de la demeure pour y avoir une entrée digne de ce nom. Depuis, la petite porte en haut de l'impasse était restée fermée. Sauf les jours où le fils Barenteau partait en catimini, quand son père dormait à poings fermés dans sa vaste chambre persuadé que son rejeton, en bon fils de famille, étudiait consciencieusement dans la sienne.

Mais l'impasse de la Rose, personne ne savait vraiment pourquoi elle s'appelait ainsi. C'était une impasse comme les autres. Il n'y avait pas de rosiers dans un coin pouvant permettre d'imaginer qu'elle tirât son nom de là. Aucun indice ne pouvait donner la réponse. Il n'y avait que le jour de la Sainte Rose que l'on pouvait penser qu'elle tenait son nom de la Sainte. En effet, ce jour-là l'impasse se transformait en un gigantesque massif de fleurs, de couleur rose au début du siècle, elles étaient désormais rouges, bleues, jaunes ou noires. C'était magnifique et cela sentait divinement bon.

Il n'était pas rare que, lorsqu'on demandait son adresse à l'un des habitants, il réponde qu'il était un habitant de la Rose. Tout le monde savait où elle se trouvait. Il y avait d'ailleurs parfois des confusions, dans l'esprit des nouveaux venus de la commune, car à Saint-Paul de Boismarin on parlait des enfants de la Cigogne et des habitants de la Rose !

L'impasse se composait de trois maisons à droite, trois maisons à gauche, les rez-de-chaussée étaient des boutiques. Une maison basse fermait la ruelle à l'autre extrémité. Les habitants de la Rose étaient depuis toujours des artisans. Ils avaient vécu au fil des ans plus ou moins de leur art, et depuis les années 1980 où l'on redécouvrait avec bonheur les métiers manuels et l'engouement pour les métiers disparus, ils vivaient mieux.

Certains étaient là depuis des générations, d'autres étaient arrivés dans les années 1950, peu étaient là depuis les retrouvailles du public avec les traditions.

La première maison de gauche avait toujours été une épicerie qui s'appelait « l'épicerie de la Rose », les Saint-Paulais savaient qu'ils trouveraient là Albert Ozouf, et qu'ils auraient des produits du terroir qu'il allait chercher dans les fermes alentours. Des légumes frais et juteux, des volailles élevées en plein air à la chair écrue et charnue, des œufs à la coquille solide et de belle couleur selon la variété des poulettes. Ses produits arrivaient sur son étal au rythme des saisons. Il préparait de la cuisine familiale dans son arrière boutique, les Saint-Paulais venaient en nombre lui acheter une portion de poule au pot, de bœuf bourguignon, de terrine de légumes frais…, C'était bon, c'était coloré, c'était sain.

Pour survivre dans les années 1970, il fallut s'adapter à la demande des clients, et les tomates sont arrivées toute l'année, les oranges venaient d'Espagne et les citrons du Maroc dans des cagettes en plastique. Et puis on lui a demandé de mettre sa cuisine aux normes, tout inox, et en perdant la chaleur du four à bois, les plats ont perdu leur saveur d'autrefois. Vers 1990 sa langue de bœuf sauce madère n'avait plus de succès, mais ses couscous et tajine se vendaient comme des petits pains.

Au début des années 2000 il a remplacé les cagettes par les vieux paniers qu'il avait gardés dans son grenier, des panières en osier agrémentées des dentelles d'Amélie Puymoret, la dentellière de l'impasse, ont refait leur apparition dans l'étalage.

Cela a un côté vieillot, rétro que la clientèle apprécie comme si elle redécouvrait la vraie vie, celle de nos anciens. Alors qu'il vendait des noisettes sous vide, il put les mettre dans un pot en verre et les vendre au poids. C'est plus naturel car elles ont désormais l'appellation de noisettes BIO. Tout récemment, il a changé sa devanture et son épicerie se nomme maintenant « l'épicerie de la Rose BIO ».

La deuxième maison à côté de celle d'Albert était habitée par une enlumineuse, Joëlle Piazzani. Sa boutique était recouverte de parchemins, vélins, et autres supports lui permettant d'exercer son art. Sa table de travail débordait de petits pots de peinture, de pinceaux et tout cela donnait un air moyenâgeux à l'ensemble. Joëlle en grande blouse beige, ses longs cheveux bruns nattés dans le dos avait un air romantique et ancien qui faisait tout son charme. C'était l'habitante la plus récente de l'impasse. Elle était arrivée là en 1988, où l'on commençait à redécouvrir les métiers d'autrefois. Elle vivait seule avec sa fille enlumineuse comme elle, depuis que son mari était allé acheter du pain et n'était jamais revenu de chez la boulangère. Il y vivait toujours et entretenait avec son ex-femme des rapports conviviaux. C'était lui d'ailleurs qui, le 23 août, livrait le pain à la communauté.

Car les habitants de la Rose étaient une communauté, ils avaient tous en commun l'amour du beau, du travail bien fait, du manuel et du plaisir de faire partager leur art.

À côté de Joëlle, il y avait la dentellière. Elle n'hésitait pas à enseigner son métier à des jeunes gens et prodiguait des cours le soir. Ils arrivaient par petit groupe vers vingt heures et tout en travaillant minutieusement, ils chantaient de vieilles chansons françaises revenues du fond des mémoires. Amélie Puymoret aimait ses jeunes et les dorlotait. Elle les abreuvait de conseils, de gâteaux et de boissons qu'elle avait préparés elle-même dans l'après midi.

Les soirs d'été, quand tout le monde gardait sa porte ouverte, les autres habitants de l'impasse profitaient de la chorale improvisée. Ils chantaient bien et fabriquaient en même temps des napperons merveilleux, des cols de chemises fins, des devants de robes de bébés admirables.

Amélie y avait ses habitués, certains depuis longtemps n'avaient plus besoin de venir prendre des cours, mais ils restaient fidèles au rendez-vous pour le plaisir, pour l'ambiance et la chaleur qu'ils trouvaient dans la boutique de la dentellière.

Les plus aguerris s'installaient près de la cheminée, sur des chaises basses, le carreau[1] sur les genoux et faisaient valser les fuseaux à un rythme

---

[1] Un carreau est le support utilisé par les dentellières pour effectuer leur travail. Il n'est utilisé que dans le cadre de la dentelle aux fuseaux.

effréné. Les petits nouveaux autour de la table avaient pour tache de fabriquer d'abord leur dessin.

Sur un parchemin, ils apprenaient à fabriquer le tracé de « *la fleur*[2] » qui leur servirait plus tard. Ensuite, patiemment Amélie leur apprenait à faire sautiller les fuseaux dans leurs doigts et leur faisait remarquer les changements de cliquetis suivant la nature du bois. Les fuseaux faits de hêtre, de prunier, d'acacias ou de merisier n'avaient pas tous le même timbre. Les plus doués avaient le privilège de travailler parfois avec les fuseaux en ivoire ou en corne qu'Amélie avait hérité de toutes les générations de dentellière de sa famille.

Sa mère Monique, sa grand-mère Joséphine, son arrière grand-mère Apolline avaient été dentellières. Son atelier n'avait jamais changé de fonction depuis plus de trois siècles. Amélie confectionnait des dentelles au point de Bayeux qui mariait habilement les travaux d'aiguille et de dentelle aux fuseaux tandis que Florentine, sa fille se perfectionnait en faisant le tour des écoles de la dentelle qu'elle trouvait ici et là en France et à l'étranger. Elle avait écrit à sa mère dernièrement pour lui indiquer qu'elle était à Bruges où, en compagnie

---

[2] La fleur : en terme technique, « la fleur », se fait en entrelaçant au fil du réseau, un fil particulier beaucoup plus gros qui doit suivre les contours du dessin tracé sur le parchemin. Ce procédé n'a subi que de légers changements depuis plus de trois siècles.

d'une vieille dentellière, elle apprenait les techniques du point spécifique à cette ville.

Chaque ville, chaque région avait sa façon de faire, et les dentellières gardaient parfois jalousement leur savoir[3]. Mais Florentine avait su leur prouver son amour du métier et durant ses pérégrinations elle avait recueilli tant d'informations et de photos qu'elle s'apprêtait à éditer un livre regroupant cela. Amélie était fière de sa fille mais craignait qu'elle ne reprenne pas l'atelier. Dans les années 2000 allait-on encore pouvoir vivre de la dentelle ?

Face à la boutique d'Amélie, se trouvait un luthier. Il lui arrivait parfois de traverser la rue avec son violon et venait accompagner les jeunes gens chantant. Lui aussi donnait des cours, mais dans son arrière boutique, les portes soigneusement fermées.

Quand il ouvrait les portes, c'était que son élève avait maîtrisé son instrument et plus personne dans la rue ne cherchait *« le chat qui s'était coincé la queue dans la porte »* ! L'apprentissage du violon était un dur labeur et il fallait plusieurs mois avant que

---

[3] Les dentelles produites par un grand nombre de régions françaises ou flamandes ont développé des spécificités uniques à chacune d'entre elles :
Dentelles d'Alençon ; d'Argentan ; de Bayeux ; bigoudène ; Blonde de Caen ; de Calais ; de Chantilly ; de Cilaos (La Réunion) ; de Lunéville ; de Luxeuil ; de Mirecourt ; de Neuchâtel ; du Puy-en-Velay ou Cluny ; du Queyras ; de Sedan ; de Valenciennes ; de Villedieu-les-Poêles et aussi en Europe : Dentelles de Binche ; de Bruges ; de Bruxelles ; d'Irlande ; de Venise (Dentelle à l'Aiguille) ; Dentellerie en Croatie ;

Firmin le violoneux, comme on l'appelait, accepte d'ouvrir les portes de son arrière-boutique.

Pourtant, il l'avait fait une fois avec le jeune Pierre, qui en quelques cours avait réussi à sortir l'âme de son instrument et n'avait jamais *« fait miauler le chat »*. Depuis Pierre était devenu son apprenti, puis son bras droit et bientôt son successeur. Pierre aimait son métier, c'était un perfectionniste, et l'on venait parfois de loin pour qu'il redonne vie à un violon, un luth ou autre viole retrouvés au détour d'une brocante ou d'un grenier dans un état pitoyable.

Quand on lui apportait un instrument délabré, Pierre le prenait dans ses bras comme un enfant blessé, il le déposait sur son établi en prenant soin d'y étendre d'abord une couverture et le caressait comme pour rassurer l'objet, comme pour lui donner confiance et lui faire comprendre que les tortures qu'il allait lui infliger étaient nécessaires pour qu'il redevienne un instrument à part entière. Alors, seulement, il s'en occupait.

La maison mitoyenne du luthier était sans doute la plus étrange de toutes les habitations de l'impasse. C'était l'antre d'Angélique la voyante.

Quand on entrait dans sa boutique ou plutôt dans sa salle d'attente, parce qu'elle avait partagé son rez-de-chaussée en deux, d'un côté la salle d'attente, de l'autre son cabinet de voyance, on était tout de suite dans l'ambiance. Une douce odeur d'encens flottait dans l'air, la pièce était recouverte de tapis et de tentures au mur. Cela donnait l'impression qu'il n'y avait pas d'autre porte que celle de l'entrée, puis Angélique surgissait de derrière un rideau représentant l'arbre de vie et accueillait son client. Elle le faisait patienter en lui offrant du thé ou du café, une musique douce était diffusée par des petits hauts parleurs dissimulés eux aussi par des tentures et dans la pénombre il se détendait. Quand elle raccompagnait dans la rue « *le consultant*[4] » qu'elle avait reçu, c'était souvent à pas feutrés pour éviter de troubler celui qui attendait et leur tournait le dos.

Une fois la porte refermée, elle invitait ce dernier à la suivre dans son antre.

La pièce était éclairée par des lampes de tables disposées sur des guéridons dans les quatre coins, l'une diffusait une lumière jaune, l'autre rose, la troisième bleue et la quatrième verte. Au mur, de lourdes tentures reflétaient les lumières, le sol était recouvert d'épais tapis aux arabesques compliquées. Au milieu de la pièce trônait une table carrée recouverte de cuir vert et deux fauteuils se faisaient pendants de part et d'autre. Du côté d'Angélique, un petit meuble à tiroir contenait ses différents jeux de cartes.

Mais le plus extraordinaire dans cette pièce c'était les animaux. Deux énormes chats dormaient sur un fauteuil près de la lumière verte. Ils étaient tous les

---

[4] Consultant : nom donné aux clients des voyantes. Il vient consulter une voyante.

deux d'un noir intense avec les yeux verts qui semblaient étinceler dès qu'un nouvel arrivant pénétrait dans la pièce. Derrière Angélique un hibou grand duc perché sur un arbre décharné dormait également. Il lui arrivait d'ouvrir un œil au cours de la séance, ou de claquer du bec. Cela était très impressionnant.

Il devait avoir un certain sens du théâtre car à chaque fois qu'Angélique sortait du jeu de tarot de Marseille, la carte treize, la carte de la Mort, Sosthène le hibou claquait du bec. Le pauvre consultant se disait alors qu'elle allait lui annoncer quelque chose de terrible. De sa voix douce et posée, la voyante le rassurait et lui expliquait la signification exacte de la carte qui variait selon le jeu et les cartes alentours.

Les habitants de la Rose, qui venaient également la consulter, n'étaient plus impressionnés par Sosthène, mais trouvaient cela tout de même assez extraordinaire ce hibou grand duc qui, le soir à la nuit tombée, s'envolait par la fenêtre ouverte et dans un long hululement lugubre, déployait ses ailes avant de partir pour un vol lointain dans la campagne environnante. On entendait le bruissement de ses ailes brasser l'air de toute leur puissance. Au petit matin Sosthène regagnait son arbre qu'Angélique avait placé devant la porte avant d'aller se coucher et attendait que sa maîtresse le dépose dans le cabinet pour un repos bien mérité.

Dans la première maison du bout de la rue, face à l'épicerie d'Albert, se trouvait un brocanteur. Un monceau de choses hétéroclites s'entassait dans sa boutique. Il y avait des objets absolument merveilleux qui se trouvaient parfois engloutis par un amas de vieux livres, cartes postales et vieilles lingeries. Timoléon Walter était connu pour son œil professionnel et connaissait parfaitement son magasin. Il n'était pas rare que venant chercher un objet bien spécifique, le client renonçait à pénétrer dans cet immense bazar, Timoléon allait alors lui-même dans le fond de sa boutique et après avoir déplacé quantité de pots, de chaises, ouvert deux ou trois armoires revenait avec le bibelot désiré. Il s'excusait parfois en disant qu'il vivait seul et n'avait pas le temps de ranger. Les habitants de la Rose savaient qu'en fait Timoléon était si fainéant que l'idée de déplacer un meuble, l'épuisait.

De temps en temps, les hommes de l'impasse venaient l'aider à déblayer son fatras et les quelques souris qui avaient trouvé le lieu à leur goût faisaient la joie de Sosthène qui attendait patiemment sur le haut de la maison, que les bestioles déménagent. Comme pour leur donner l'impression qu'elles allaient pouvoir s'installer ailleurs, il les laissait traverser la rue pour se réfugier chez Albert. Dès qu'elles arrivaient à proximité du vasistas de la cave, Sosthène s'envolait et se laissait tomber sur sa proie. C'était les seules fois où l'on voyait le hibou chasser de jour.

Bien souvent cette curée, car les chats d'Angélique surveillaient aussi du coin de l'œil le déménagement des souris, avait lieu quelques jours avant la fête annuelle de l'impasse, le 23 août.

Dans le fond de l'impasse, il y avait une maison basse qui faisait toute la largeur de la rue. C'était là la plus grosse attraction du quartier.

En effet, seules trois portes sur la façade donnaient de la lumière dans une pièce immense. Mais ce que l'on ne voyait pas de dehors à cause de la bordure en ardoise, c'était le toit en verre. Les rayons du soleil donnaient une chaleur quasi tropicale à l'intérieur.

Dans la pièce qui faisait toute la longueur de la maison, le sol était recouvert d'un beau parquet ciré sur lequel étaient posés des bacs où des plantes prenaient racines. D'immenses bougainvilliers s'entrelaçaient avec des bananiers, ficus et fougères tropicales, des daturas et leurs fleurs pendantes en trompettes diffusaient des parfums enivrants, des passiflores aux fleurs violettes absolument extraordinaires grimpaient jusqu'au toit de la maison. À certains endroits des lianes pendaient ça et là et il n'était pas rare de voir un ouistiti s'y faufiler. Exupère était la mascotte du maitre des lieux : Alexandre Stanislas de la Martinière.

C'était un noble qui s'était ruiné en voyages sous les tropiques et avait ramené toutes sortes de jeunes pousses. Il avait tout d'abord transformé une aile de son château en serre tropicale. L'argent pour assouvir sa passion lui avait cruellement fait défaut et il avait dû vendre la demeure familiale qu'il détenait de son père qui l'avait lui-même reçue de son père et ainsi de suite jusqu'à un temps si reculé que même Alexandre était incapable de dire depuis combien de siècles le château était dans la famille de la Martinière. Avec l'argent de la vente du château, il avait payé ses dettes et acheté la maison basse de l'impasse de la Rose. Il avait pu réaliser les travaux nécessaires pour en faire une serre et comme son entretien nécessitait encore beaucoup d'argent, il avait écrit plusieurs livres racontant ses voyages. Il faisait des conférences dans toute la France et cela faisait vivre bon gré mal gré sa flore exubérante.

L'attraction la plus importante de la maison consistait en l'ouverture à certaines heures de la journée, du plancher en bois. En effet, par un système de poulies et d'engrenages qu'il avait mis au point, le sol s'ouvrait en son milieu pour laisser apparaitre un ruisseau qui courait sur toute la longueur de la maison. Son eau limpide permettait de voir le fond où était disposés des galets aux formes et couleurs diverses, les nénuphars rivalisaient de beauté et donnaient des abris aux jeunes poissons effarouchés par l'abondance de lumière soudaine. Leurs parents, aguerris, circulaient majestueusement entre les racines des ajoncs et faisaient fuir parfois une ou deux grenouilles rêvant de prendre le soleil.

En même temps du plafond descendaient des petits ponts qui s'arc-boutaient de part et d'autre du ruisseau, et des mini barrières se relevaient pour permettre aux visiteurs de s'approcher de l'eau en toute sécurité.

Alors, quand tout était en place, Exupère sortait de sa cachette et venait se réfugier sur l'épaule de son maître. De la charpente descendait un son guttural et Sigismond, Ursipine, Tirvulce et Roxelane, quatre grands perroquets multicolores se mettaient à voler au travers de la végétation. Au passage ils réveillaient les Inséparables, les Mandarins et Andromède, le merle récemment recueilli par Alexandre après un atterrissage violent entre les pattes des chats d'Angélique.

Après des soins délicats pour soigner une aile froissée et une patte cassée, il vivait dans la serre. Andromède s'était vite acclimaté, mais sa couleur noire et son bec jaune étaient presque une insulte à l'exubérance colorée du lieu. Alexandre avait alors confectionné une petite crête rouge vif dans du cuir et la lui avait collée sur la tête, quelques gouttes de teinture sur les ailes lui donnaient l'air d'un énorme papillon. Fier de ses nouveaux attributs Andromède s'envolait avec les perroquets, rivalisant de vitesse. Les visiteurs surpris par ce papillon peu commun demandaient souvent son origine. Alexandre, moqueur, expliquait qu'il s'agissait d'un Merluchat, trouvé dans le fin fond de l'Amazonie, et qu'il en avait la garde jusqu'à ce qu'on trouve une solution pour qu'il se reproduise. L'espèce était en voie de disparition !

Tout en expliquant la flore aux plus curieux des promeneurs, Alexandre, appuyait sur le bouton de la télécommande qu'il avait dans sa poche et la cage des papillons dissimulée dans la sous pente s'ouvrait pour libérer des centaines de lépidoptères multicolores. La serre explosait littéralement de couleurs chatoyantes. C'était un régal pour les yeux et tous les sens en éveil le touriste s'abandonnait au plaisir de la visite.

Quand il actionnait la poulie pour refermer le ruisseau, les papillons regagnaient leur cage comme des animaux bien dressés, seuls deux ou trois insectes continuaient leur vol silencieux. Face à l'étonnement des visiteurs de tant de discipline, Alexandre expliquait cela par sa présence quotidienne à leur côté et les soins minutieux qu'il leur prodiguait. Il ne leur disait pas qu'un système de fils invisibles reliait ses papillons de papier à leur boite où ils s'entassaient les uns sur les autres sans vie et sans beauté. Vus de près ils étaient mal imités, leurs couleurs étaient passées et certains avaient des trous dans leurs ailes. L'humidité ambiante les décolorait, les ramollissait et il fallait de temps en temps qu'Alexandre aidé de Timoléon et Albert grimpe sur une échelle pour aller ôter les plus abîmés. Joëlle et sa fille Blanche, dans leur atelier en confectionnaient d'autres qu'il nouait sur les ficelles pour la prochaine représentation. Il était très fier de son subterfuge et aucun des habitants de l'impasse ne révélait son secret.

Le fils d'Albert, Jean-Philippe, faisant des études d'informatique, lui avait récemment installé un ordinateur qui calculait automatiquement le degré d'hydrométrie, le besoin d'ensoleillement des plantes et actionnait l'ouverture du ruisseau. Alexandre aimait sa serre, et les habitants de la Rose aimaient Alexandre. Chacun s'ingéniait à trouver une idée, un système pour ajouter encore et encore au charme et à la magie de l'endroit.

Toute cette petite communauté vivait en bonne intelligence, chacun s'entraidait, se rendait de menus services les uns les autres et une fois par an, préparait avec plaisir la fête de la sainte Rose.

Ce jour-là l'impasse était encore plus visitée que les autres jours. Les gens venaient de partout. Il y régnait un véritable tohu-bohu, et les ventes se succédaient à un rythme effréné. Chaque artisan faisait le 23 août un chiffre d'affaire équivalent à un mois de travail.

Tôt le matin, les hommes de la Rose décoraient l'impasse avec des fleurs et dans la journée, les chalands se prenaient en photo devant les boutiques enguirlandées. Le soir, la végétation avait été tant admirée, touchée, sentie qu'elle ressemblait à des poireaux fanés. La moitié avait disparu, l'autre jonchait le sol piétinée par des centaines de souliers irrespectueux.

Après le départ des derniers clients, l'impasse de la Rose retrouvant sa tranquillité, Alexandre et Océane, la femme d'Albert, disposaient alors les bacs encore remplis de roses pour fermer l'entrée de l'impasse, ils y ajoutaient des arbustes en plastique ressortis des greniers pour l'occasion. Albert et Timoléon dressaient la table sur tréteaux, Firmin et Pierre apportaient les bancs, Joëlle, Blanche, Amélie et Angélique disposaient le couvert. Chacun avait confectionné un plat, Alexandre offrait le vin, seul vestige de ses ancêtres, qui lui permettait d'abreuver ses congénères pendant encore de nombreuses années.

Bien cachée derrière la haie, la vraie fête de la rose pouvait commencer. C'était une partie de franche rigolade, Albert et Océane, les épiciers et leur fils Jean-Philippe, Joëlle et Blanche, les enlumineuses, Amélie, la dentelière, Firmin et Pierre les luthiers, Angélique la voyante, Timoléon le brocanteur et Alexandre le châtelain déchu, racontaient les anecdotes les plus drôles des clients passés dans la journée, les questions stupides qui étaient souvent légion sur leur métier et en fin de repas quand le vin d'Alexandre avait fait son effet, les boutades les plus grivoises commençalent à fuser d'un bout à l'autre de la table. Firmin et Pierre prenaient leur violon et d'un seul chœur les habitants de la Rose entonnaient les chansons qu'ils connaissaient par cœur pour les chanter tous les ans.

C'était l'occasion aussi pour retrouver la famille, ceux qui avaient grandi dans l'impasse et que la vie avait mené ailleurs. On voyait les enfants devenir adolescents, puis adultes et parents à leur tour. L'espace d'une soirée la population des Roses se multipliait et c'était la seule nuit de l'année où le vol de Sosthène le hibou passait inaperçu.

Le lendemain était également un jour spécial pour les Roses, il était férié ! Il fallait remettre en place les débordements immanquables de la veille.

Puis, la vie reprenait son cours, Albert et Océane rouvraient l'épicerie, Joëlle et Blanche reprenaient leurs pinceaux, Amélie ses fuseaux, Alexandre s'occupait de ses plantes, Firmin et Pierre réparaient leurs instruments, Angélique prédisait l'avenir et Timoléon regardait avec plaisir sa boutique rangée pour quelques temps. Les enfants étaient repartis avec la certitude que leurs parents avaient une vie douce et paisible entourés d'amis bienveillants. Ils étaient loin d'imaginer que le soir à la nuit tombée des ombres discrètes sortaient d'une maison pour entrer dans une autre. Il n'y avait pas d'adultère, il y avait simplement des hommes et des femmes célibataires réunissant leur solitude tout en vivant chacun chez soi. Ainsi Alexandre retrouvait fréquemment Angélique, Joëlle et Pierre filaient le parfait amour, Amélie et Timoléon unissaient leur célibat. Il n'y avait que Firmin qui restait seul dans son lit, mais il était très vieux et surveillait les allées et venues d'un œil sage et paternel. Il avait connu lui aussi les joies de l'amour en vivant avec Monique la mère d'Amélie, après qu'elle soit devenue veuve, mais Monique était décédée depuis dix ans et Firmin fidèle à son amour.

Il était le plus ancien de l'impasse, il approchait les cent ans. Comme Amélie il était né dans l'impasse et avait appris son métier avec son père qui le tenait du sien. Chez Firmin on était luthier de père en fils depuis des générations. Firmin n'avait pas eu d'enfants et pour transmettre son atelier il avait adopté Pierre petit orphelin de la DDASS. Pierre s'était engagé à transmettre son savoir à son fils ou a un petit de la DDASS qu'il adopterait à son tour s'il n'avait pas de descendance. Joëlle était encore en âge d'avoir des enfants et il espérait bien être père un jour.

Firmin en avait vu passer des artisans depuis qu'il était tout petit. Nombreux étaient ceux qui avait préféré partir au bout de quelques années. L'impasse n'avait pas toujours eu la notoriété actuelle. Les artisans vivotaient et certains étaient partis s'établir dans un endroit plus fréquenté, d'autres avaient carrément abandonné leur art pour vivre plus décemment à leur goût. Mais aucun n'avait jamais retrouvé ailleurs l'ambiance, la chaleur de la vie de l'impasse de la Rose.

La serre d'Alexandre avait fait beaucoup de bien à l'impasse. L'exotisme de l'endroit avait fait connaître les Roses bien au delà de Saint-Paul de

Boismarin. Depuis que Jean-Philippe avait créé un site internet référençant la serre et les artisans, c'était parfois des cars entiers qui se déversaient dans la rue, et au cours de la journée, il y avait toujours quelqu'un pour poser la question rituelle à laquelle personne ne savait répondre :

Pourquoi ce nom d'impasse de la Rose ?

Alors, Firmin souriait, mais ne disait rien, lui qui tenait l'histoire de son père qui la savait par son père, qui l'avait apprise du sien, qui la connaissait pour l'avoir entendu raconter par son aïeul qui avait appris par son grand père la raison du nom de l'impasse de la Rose.

LES HABITANTS DE LA ROSE ENTRE 1810 ET 1910

Saint-Paul de Boismarin était un petit village agglutiné autour de son église. De cinq cent cinquante feux en 1800, il était passé à presque mille à l'aube du 20ème siècle. Les rues en terre battues avaient été pavées depuis peu.

Il n'y avait que les rues importantes qui avaient eu droit à ce changement, les rues et ruelles alentour allaient devoir attendre l'avènement du goudron pour voir disparaître les touffes d'herbes en leur milieu. Et ce n'était pas pour maintenant.

Toutes ces petites rues herbues donnaient un certain cachet au village. Surtout qu'il comptait plusieurs impasses qui avaient toutes leur importance dans la vie quotidienne des Saint-Paulais.

Ainsi il y avait l'impasse de la Cigogne, qui divisait les anciens et les nouveaux habitants de la commune. Les vieux disaient qu'elle s'appelait ainsi parce qu'une cigogne y avait installé son nid au siècle dernier, les jeunes affirmaient que son nom venait de la facilité des femmes y habitant à enfanter. C'était en effet, la rue de Saint-Paul de Boismarin qui avait la population la plus jeune. Il n'était pas rare de voir une mère de famille accompagnée de deux ou trois bambins et d'un nourrisson encore allaité, alors que son ventre s'arrondissait déjà ! Les familles de l'impasse de la Cigogne étaient toutes des familles de sept, huit ou douze enfants !

C'était tellement connu dans la région, que certains couples en mal de chérubins, n'hésitaient pas à venir s'installer dans l'impasse. C'est pour cette raison que Georges Barenton, notable prospère dans la commune voisine, Boismarin, décida d'investir dans la pierre et plutôt que d'acheter une vieille demeure, préféra la construction d'un immeuble de cinq étages. Les pièces avaient de beaux volumes et les prix étaient raisonnables. Petit à petit, il gagna du terrain sur les vieilles maisons basses et début 1900 il possédait tout un côté de l'impasse. Ses immeubles s'étaient faits de plus en plus petits, de plus en plus vite et de moins en moins beaux, mais qu'importe puisque la demande était toujours aussi pressante ! L'impasse de la Cigogne n'était pas particulièrement jolie. D'un côté les immeubles de Georges, qu'on appelait dans la commune « les logements Barenton », de l'autre des maisons basses délabrées, sauf une, celle du bout de l'impasse. C'était une très jolie demeure, presque une maison de maître. On y accédait par un grand perron en fer à cheval et deux étages de fenêtres à meneaux lui donnaient un style seigneurial. Sur son toit, elle avait une énorme cheminée, c'était là que la prétendue cigogne était venue d'après les anciens. Mais il n'y avait aucune trace de leurs dires et personne n'y croyait plus. Le dernier à dire cela c'était Jean, le grand père de Joseph le luthier de l'impasse de la Rose, mais il venait de mourir et après lui plus personne ne parlera désormais de la cigogne.

Saint-Paul de Boismarin était si proche de la commune « mère » Boismarin, qu'il n'était pas rare de voir des familles s'y installer rêvant se rapprocher ainsi de la campagne environnante. Les couples voulant des enfants habitaient en priorité impasse de la Cigogne, et ceux voulant une certaine tranquillité se répartissaient dans le reste du village. Pour la plupart ils évitaient soigneusement l'impasse de la Prison. Ce n'était pas que les logements n'y étaient pas bien, mais c'était l'environnement ! Au bout de l'impasse qui s'appelait autrefois la rue de l'Octroi, l'administration de Boismarin avait construit un mur. Celui-ci clôturait la grande cour de la demeure qui avait été réquisitionnée pour en faire une prison. Il n'avait juste pas été prévu un accès facile et les charrettes amenant les prisonniers étaient obligées de pénétrer dans l'impasse en marche arrière avant de déverser leur lot de malfrats. C'était épique car les chevaux n'étaient pas toujours dociles ! Il était arrivé une fois en 1854 que la charrette se renverse et les bêtes toujours harnachées s'étaient retrouvées à deux mètres du sol ! Les prisonniers en avaient profité pour prendre la poudre d'escampette et cela avait été une course poursuite dans les cages d'escaliers des immeubles bordant l'impasse. C'est ainsi que Fanchon Lafleur (de son vrai nom Marie-Louise Duclous) fit la connaissance de Jules-les-gros-bras, voleur invétéré et arnaqueur notoire. Il vendait dans les rues de Boismarin des sachets d'herbes médicinales qui n'étaient composés que d'herbes à lapins et donnaient souvent des coliques épouvantables aux pauvres clients confiants ! Quand ceux-ci le faisaient appeler à leur chevet espérant un remède miracle pouvant abréger leurs souffrances, il en profitait pour chaparder les bibelots et autres objets de valeur qu'il allait revendre loin de Boismarin.

Quand il arriva, essoufflé, dans la chambre de bonne de Fanchon, elle n'hésita pas à le cacher dans son armoire. Mais la maréchaussée, qui l'avait suivi, fit irruption dans la pièce et le délogea *manu militari*. Fanchon en caraco et porte-jarretelles fit l'ignorante car tout le monde (même dans la police) connaissait son métier. Pour le réconforter de n'avoir pas pu le sauver, elle prit l'habitude de se déshabiller devant sa fenêtre ouverte au moment de la promenade des prisonniers dans la grande cour. Ainsi Jules-les-gros-bras et ses codétenus pouvaient admirer les formes généreuses et bien faites de la donzelle qui n'était pas avare de mimiques. Les pauvres bougres qui étaient censés tourner en rond dans la cour en avait les yeux qui leur sortaient de la tête. Ernestine Gilbert qui habitait en face de chez Fanchon en était horrifiée. Elle avait prévenu monsieur le Curé, qui avait averti l'administrateur de la prison. Mais rien n'était fait, Ernestine voulait faire murer les fenêtres de Fanchon, le curé voulait surélever le mur d'enceinte de la prison et monsieur le Directeur ne voulait rien faire du tout. Et pour cause, son bureau avait une vue directe sur la chambre de Fanchon. Tant et si bien qu'il n'hésita pas un soir à venir la rejoindre. Depuis, elle ne se dévoilait que dans l'heure de midi, quand elle savait le directeur seul dans son bureau en train de déjeuner. A cette heure-là, Ernestine Gilbert, déjeunait aussi, et ne la voyait pas. Elle était satisfaite, persuadée que ses cierges déposés chaque semaine à l'église au pied de Saint-Martinien (patron des gardiens de prison) avaient enfin porté leurs fruits. Personne ne lui expliqua pourquoi après un passage à la prison de Saint-Paul de Boismarin les détenus en sortaient amaigris. Pensant que la nourriture n'était pas bien conservée, l'administration engagea des travaux dans les cuisines, rien n'y fit. Les détenus dans l'heure de midi mangeaient très peu. Il fut décidé de fermer l'établissement, mais on en parlait depuis si longtemps que Fanchon ne s'inquiétait pas pour son avenir.

Jules-les-gros-bras avait été le premier à la récompenser pour ses faveurs et cela était devenu un rituel. Un détenu libéré passait automatiquement par la chambre de Fanchon et après avoir profité des charmes de la jeune femme, repartait en laissant un petit cadeau sur la table de chevet. Fanchon économisait sous par sous afin de s'acheter une petite maison qu'elle avait repérée dans la commune où elle pourrait exercer son « art » en toute tranquillité. C'était un ancien commerce coincé entre un luthier et un marchand de bazar situé impasse de la Rose.

Cette impasse était un lieu connu à Saint-Paul de Boismarin pour y abriter des artisans qui étaient là parfois depuis des générations. Personne ne se posait la question de son origine. Pourquoi l'impasse de la Rose ? Certains disaient qu'elle tenait son nom de la fête annuelle de la ruelle le jour de la sainte Rose, d'autres expliquaient qu'elle s'appelait ainsi parce que le premier artisan à s'y être installé avait une fille qu'il adorait et qu'il avait nommé Rose. Les Saint-Paulais savaient qu'ils y trouveraient des artisans compétents. C'est tout ce qui leur importait.

Les Roses, comme on l'appelait dans le village, se composait de six maisons identiques, trois à droite, trois à gauche et d'une maison basse au fond.

En 1854, quand Fanchon commença son activité impasse de la Prison, les commerces de l'impasse de la Rose n'étaient plus qu'au nombre de trois.

Dans la première maison, à gauche, Jacques Ozouf avait repris l'épicerie à la mort de son père en 1848, son fils Edmond, âgé de neuf ans, se préparait déjà à la succession.

La deuxième maison était vide depuis quelques années après avoir abrité un tisserand qui était mort en 1830, seul et sans descendance. Son métier hantait toujours le lieu et attendait en se délabrant tous les jours un peu plus qu'un acheteur vienne le chercher. Une *ravaudeuse*[5] s'était installée quelques temps, mais le métier à tisser l'encombrant et ne sachant qu'en faire, elle préféra aller s'installer à Boismarin où elle avait plus de travail. Les bas et mauvais habits à ravauder n'étaient pas légion à Saint-Paul. La population y était riche et n'avait que faire d'une misérable raccommodeuse.

Dans la troisième maison, Eugénie la dentellière, exerçait son art seule depuis le décès de sa mère Léonie. La dentelle n'était pas qu'un métier, c'était aussi une passion, et il n'était pas rare, le soir à la veillée, de voir les habitants de la Rose, se retrouver autour de la cheminée d'Eugénie, qui tout en continuant son ouvrage, chantait et racontait des histoires.

De l'autre côté de l'impasse, en face de la maison de la dentellière, le luthier. Joseph avait appris

---

[5] Ravaudeuse : Celui ou celle dont le métier est de raccommoder des bas, de vieux habits.

son métier avec son père, mais travaillait désormais seul depuis quatre ans. Son fils manipulait déjà les outils et savait reconnaitre les différents bois, l'épicéa, l'ébène, l'érable... mais ce qui le faisait rêver le plus, c'était ce petit morceau de bois que l'artisan appelait « *l'âme*[6] ». Quand celui-ci posait l'âme dans le violon c'était tout un cérémonial et il semblait au petit Léon que l'instrument prenait vie sous les doigts de son créateur. Le réglage était extrêmement important et selon la taille et la position le violon avait des sonorités différentes. Léon était subjugué par la mise en place. Il observait son père qui, armé de la « *pince à âmes*[7] », l'introduisait par les ouïes de l'instrument. Le

---

[6] Dans un instrument à cordes, l'âme est une pièce d'épicéa placée à l'intérieur de la caisse de résonance, maintenue verticalement entre le fond et la table. Ce maintien a lieu sans collage, par la pression qu'exerce la table, elle-même due à la tension des cordes.
L'âme a deux fonctions : transmettre les vibrations des cordes ; Permettre à la table de résister à l'importante pression exercée par les cordes ; L'âme est d'ailleurs le seul point de soutien de la table au milieu de l'instrument.

[7] Le placement de l'âme à l'intérieur de l'instrument se fait alors que celui-ci est terminé, en utilisant une pince à âmes. Cet outil comporte une extrémité pointue, sur laquelle le luthier pique l'âme pour l'introduire par l'ouïe droite, et une extrémité en creux, qui permet de pousser doucement l'âme vers sa position finale.
La position de l'âme dans l'instrument influe sur la sonorité de l'instrument. De très petits ajustements, en général d'un demi-millimètre au maximum, ont lieu pour augmenter ou diminuer le volume sonore, la puissance du registre aigu ou du registre grave, ou pour modifier le timbre.

Maître Luthier et son apprenti retenaient leur souffle durant cette délicate opération.

Léon connaissait déjà également toutes les parties d'un violon et lorsqu'il les caressait du bout des doigts, il avait l'impression de réconforter un ami démembré. La table, le dos, le filet, la volute, le manche, les ouïes, les éclisses, les tasseaux, la mentonnière, le sillet, le cordier, le chevalet et l'âme, que ces mots étaient doux aux oreilles du petit garçon ! Bientôt, il entendrait ce nouveau compagnon vibrer sous les doigts agiles du luthier, le soir à la veillée, accompagnant la dentellière et ses romances d'amour.

A côté du luthier, jusqu'à l'arrivée de Fanchon en 1870, la maison était vide. Il n'était pas rare les soirs de grand vent, d'entendre le hurlement des rafales passant par les interstices des fenêtres mal jointes. C'était lugubre et faisait peur aux enfants. Aussi quand une armée d'artisans du bâtiment, prirent d'assaut la maison cela fut un événement dans l'impasse. Si les habitants avaient su à l' avance qui allait s'installer là, ils n'auraient peut être pas accepté !

Fanchon avait les idées bien arrêtées et dirigea les travaux. L'entrée, capitonnée s'ouvrait sur la grande salle. Tout autour avait été disposé des sofas et fauteuils où l'on pouvait s'asseoir langoureusement. Au milieu de la pièce une grande fontaine surmontée d'un cupidon dégoulinait d'eau limpide. L'ambiance y était chaleureuse, feutrée et les messieurs, habitués du lieu, s'y abandonnaient l'espace d'une soirée. À l'étage, les chambres avaient été meublées avec luxe et beaucoup de goût. La clientèle était satisfaite du décor et du service. Les jeunes femmes excellaient dans tous les domaines. Leurs charmes étaient mis en valeur par des tenues affriolantes et colorées. Fanchon avait fait de sa demeure le temple de l'amour distillé avec respect, luxe, et courtoisie. Un brin de polissonnerie avait fidélisé une clientèle riche et galante.

Fanchon aurait aimé investir le commerce attenant à sa droite, mais l'épicier, la dentellière et le luthier s'y opposèrent. Il était déjà bien suffisant de supporter les allées et venues des messieurs de la ville et la lanterne rouge au dessus de la porte toutes les nuits, ils ne voulaient pas voir leur impasse transformée en lieu de luxure.

Jacques, Eugénie et Joseph allèrent jusqu'à offrir le loyer à un pauvre hère qui fut ravi de s'installer dans l'impasse gratuitement. Sidrac Walter était bricoleur, il réparait tout ce qu'on lui apportait. Il avait vécu si longtemps en se louant dans les fermes alentour qu'il avait finalement une clientèle abondante et fidèle, connaissant et appréciant son savoir faire. Il était à la fois menuisier, rémouleur, tapissier, ébéniste, peintre et dernièrement sous l'apprentissage des femmes de l'impasse, il s'était mis à la couture afin de réparer la poupée d'une petite fille de bourgeois en villégiature à Saint-Paul de Boismarin ! Il était heureux de sa nouvelle vie.

Au fond de l'impasse, le lavoir ouvert à tous vents était juste couvert d'un toit qui menaçait ruine. Sidrac proposa aux femmes de le restaurer.

Il commença par monter un mur de pierre à mi hauteur entre les trois piliers qui soutenaient le toit. Puis, il fit de même en façade en laissant toutefois une grande ouverture au milieu. Il installa dans un coin un foyer pour y faire bouillir la lessiveuse en toute sécurité et tendit des fils d'un bout à l'autre du lavoir pour y faire sécher le linge. Les femmes pouvaient désormais s'occuper du linge de l'impasse par tous les temps.

Grâce à la restauration du vieux lavoir, Germaine, une « *repasseuse de Fins*[8] » s'était installée dans la deuxième maison de l'impasse en 1882. C'était une femme énergique qui ne s'encombrait pas des petits détails pouvant perturber sa vie. Elle avait vite fait disparaître le métier à tisser centenaire et, avec acharnement, chaque soir, armée d'un marteau et

---

[8] Le terme de repasseuse de fins est visiblement un terme qui n'existe plus. Il s'agissait d'une repasseuse spécialisée dans l'entretien des linges d'exception. Bonnet en dentelle, robe d'organdi etc. Je n'ai trouvé qu'une blanchisserie installée à Bougival qui propose encore un entretien à l'ancienne des linges fins. Ma grand-mère maternelle était repasseuse de fins à domicile dans les années trente, et ma mère se souvient des robes en dentelle, des cols tuyautés, des bonnets de baptême accrochés un peu partout dans l'appartement, en attendant d'être livré délicatement aux clients de sa mère.

d'une scie l'avait découpé, démonté, dépecé et mis en buchette pour alimenter son poêle à bois.

Comme les autres habitants de l'impasse, le 23 août, jour de la Sainte Rose, à l'heure où la nuit était encore noire, mais le ciel commençant à prendre des nuances de bleu foncé à bleu marine, où les arbres étaient des silhouettes fantomatiques bruissant du réveil des moineaux, elle se levait pour préparer la fête du jour.

Elle repassait d'abord les roses en dentelle confectionnées par Eugénie, puis la nappe brodée qui servirait à couvrir la table de l'autel improvisé à l'entrée de la rue. La veille, Sidrac avait déposé chez elle le mannequin qui allait devenir Sainte Rose pour la journée. Elle avait déjà repassé le grand voile surmonté de *cannetille d'or et d'argent*[9] et le scapulaire[10] brun tout aussi richement paré, confectionné par toute une génération de dentellières, ancêtres d'Eugénie. Ce n'était certes pas le costume traditionnel de la petite sainte de Lima, mais il y avait bien longtemps que les habitants de la Rose avaient oublié la vie austère et pénitente de leur sainte

---

[9] Canetille : Sorte de broderie, la Cannetille est un fil creux d'or ou d'argent, que l'on fabrique en enroulant un fil de métal autour d'une aiguille pour constituer une spirale serrée. Elle se présente sous une forme brillante, matte ou frisée réalisée en métal précieux ou en simili.

[10] Scapulaire : Pièce d'étoffe passée sur les épaules, descendant sur le dos et sur la poitrine, caractéristique de l'habit de certains ordres religieux.

patronne. Ils aimaient la voir ainsi enjolivée. Sachant que la beauté du décor allait augmenter la dévotion de ses ouailles, le curé passait outre cette entorse à la piété. Ce qui lui importait surtout c'était le nombre de paroissiens venant spontanément suivre la procession et la bénédiction qui avait toujours lieu après la messe du matin.

Ainsi vêtu, le mannequin était placé à l'entrée de l'impasse par Jacques, Joseph et Sidrac, puis les enfants Edmond et Léon disposaient à ses pieds des pétales de roses. Fanchon, malgré son métier contraire aux bonnes mœurs, disait Ernestine Gilbert qui avait été horrifiée de la retrouver impasse de la Rose, aidait à l'installation de la sainte en déposant sur ses longs cheveux bruns, couverts du voile, une couronne de fleurs qui était peut-être le seul attribut authentique du costume de Sainte Rose de Lima.

À neuf heures, lorsque le 23 août tombait un jour de semaine ou après onze heures lorsque c'était un dimanche, le curé arrivait avec toute sa clique chantant des cantiques à gorge déployée, les uns forçant le ton, les autres abusant d'humilité, et les enfants de chœur faisant tintinnabuler les clochettes de l'église. Dans un mouvement de ferveur chrétienne, tous se recueillaient devant l'autel, lançant des regards concupiscents vers la longue table où s'afféraient Eugénie, Fanchon et les épouses de Jacques et Joseph, afin de préparer le vin d'honneur que, pour rien au monde, le curé n'aurait manqué.

Après les dévotions spirituelles de l'esprit venaient celles du corps et dans une joyeuse débandade, ceux qui avaient tant honoré la pénitence de la sainte frayaient désormais avec Bacchus et son bestiaire mythologique.

En fin de journée, le vin d'honneur s'étant mué en ripaille, beaucoup de Saint-Paulais avaient oublié les raisons de leurs venues dans l'impasse. Les habitants de la Rose attendaient avec impatience de se retrouver seuls dans leur monde, pour finir la soirée en chansons paillardes. Les refrains coquins auraient fait descendre la statue de son piédestal, si personne n'avait pris la précaution de la ranger humblement dans la resserre du lavoir en attendant qu'elle soit dévêtue pour une année entière.

Dans la journée, malgré le vin, les rôts et volailles juteux, les poissons gras, les gâteaux dégoulinants de crème onctueuse, il y avait toujours quelqu'un pour poser la question rituelle à laquelle personne ne savait répondre :

Pourquoi ce nom d'impasse de la Rose ?

Alors Joseph souriait, mais ne disait rien, lui qui tenait l'histoire de son père qui la savait par son père, qui l'avait apprise du sien, qui la connaissait pour l'avoir entendu raconter par son aïeul qui avait appris par son grand père la raison du nom de l'impasse de la Rose.

LES HABITANTS DE LA ROSE ENTRE 1785 ET 1810

La commune de Saint-Paul de Boismarin avait, comme la plupart des villages du pays, changé de nom au début de la Révolution. Il y en avait bien quelques-uns, au Conseil, qui avait tentés de donner un nom très en rapport avec l'époque, mais cela avait été tourné en franche rigolade plutôt qu'en un arrêté sérieux. Les Saint-Paulais étaient plus bons vivants que révolutionnaires, et puisque Boismarin était une grande ville, on décida de nommer le village Boismarin-la-petite !

Le citoyen Chenu avait réuni les villageois à la Maison Commune pour leur lire le décret relatif au changement de nom. En grande pompe il avait annoncé que « *par décret du 25 vendémiaire an 2[11], la Convention nationale décrète que les communes qui ont changé de nom depuis l'époque de 1789 feront passer au comité de division la nouvelle dénomination qu'elles ont adoptée, et invite celles qui changeront les noms qui peuvent rappeler les souvenirs de la royauté, de la féodalité ou de la superstition, de s'en occuper incessamment, et de faire passer, dans le courant du second mois, les délibérations de leurs communes au comité de division de la Convention[12]* » et avait donc fait « *passer au comité de division la nouvelle dénomination de Boismarin-la-petite.* » Le souci était désormais de savoir comment les anciens Saint-Paulais

---

[11] Le calendrier républicain est un calendrier créé pendant la Révolution française Il commence le 1er vendémiaire an I (22 septembre 1792) et sera abrogé le 11 nivôse an XIV (1er janvier 1806). Il marque la volonté des révolutionnaires de supprimer tout ce qui peut être lié à la monarchie ou au christianisme. L'année est découpée en douze mois de trente jours, plus cinq jours complémentaires ajoutés en fin d'année les années communes ou six les années sextiles.

C'est le poète Fabre d'Églantine qui fut chargé de trouver une nomenclature. Il décida « *de consacrer par le calendrier le système agricole et d'y ramener la nation, en marquant les époques et les fractions de l'année par des signes intelligibles ou visibles pris dans l'agriculture ou l'économie rurale* ».

[12] Sources : Collection Complète des lois, décrets, ordonnances, réglemens. Avis du Conseil-d'État, publiée sur les éditions officielles du Louvre ; de l'imprimerie nationale, par Boudouin ; et du bulletin des lois… page 233 – convention nationale – du 24 au 25 vendémiaire an 2 –

(*https://books.google.fr/books?id=SUcUAAAAYAAJ&pg=PA233#v=onepage&q&f=false*)

allaient se nommer, on décida donc que les citoyens de Boismarin-la-Petite s'appelleraient les Mariniers ! Cela fit bien rire les plus vieux, sachant que la moitié des villageois n'avaient jamais vu la mer, mais qu'importe on était dans une ère nouvelle et après tout il y avait bien une rivière qui courait alentour.

Cela ne changea rien aux différents quartiers du village, il y avait toujours le quartier de l'Octroi avec sa grande maison au bout de la rue, le quartier du chou où l'on racontait que le premier seigneur de Boismarin avait fait construire une vaste maison sur une ancienne exploitation de choux, pour y abriter sa nombreuse famille. En effet, les plus anciens du village disaient qu'il n'avait fallu que sept grossesses à son épouse pour avoir ses vingt-huit enfants, car elle accouchait à chaque fois de triplés, quadruplés et même de quintuplés. La légende s'était vite répandue et il n'était pas rare de voir ce quartier rempli d'enfants et de femmes enceintes. Cela posait d'ailleurs bien des problèmes car à Saint-Paul de Boismarin ou Boismarin-la-Petite, il y avait aussi le quartier des Roses, et comme chacun sait les filles naissent dans les roses et les garçons dans les choux ! Les nouveaux arrivants étaient surpris de voir dans le chemin des Roses si peu d'enfants et surtout une majorité de garçons. Les habitants de la venelle s'empressaient de rectifier l'erreur et certifiaient que le quartier des Roses n'avait rien à voir avec la légende. Il était surtout connu pour y abriter des artisans qui étaient là parfois depuis des générations. Personne ne se posait la question de son origine. Les villageois savaient qu'ils allaient trouver là des artisans compétents, c'était tout ce qui leur importait.

Le chemin des Roses était bordé par six échoppes. Dans la première, il y avait Théobald Ozouf, le cabaretier, il vendait du vin au détail et avait permis à nombre d'habitants du bourg de traverser la grande famine de 1788 et la disette qui suivit l'année d'après, sans trop de dommage en vendant pour un prix dérisoire des soupes, faites avec de l'herbe qui étaient parfois le seul « mets » à manger durant cette dure période.

À côté de chez lui, il y avait l'herboriste, qui lui aussi avait distribué remèdes et potions lors de l'épidémie de pneumonie qui s'était abattue sur le pays quelques années auparavant. Il en était mort d'ailleurs et depuis son échoppe était à l'abandon.

La troisième maison était habitée par Dame Bonne Adèle Puymoret, la dentellière. Ce qui était assez mal considéré par les autres femmes du pays ! Pensez donc une femelle qui travaillait le fil toute la journée alors que son mari s'échinait aux champs ! En plus elle ne travaillait que pour les Seigneurs de la ville ! Qui avait besoin à Boismarin-la-petite de col en dentelle ou de gants au point de Bayeux ? On allait à la messe en caraco de toile sans décoration et si l'on cachait ses mains, c'était dans un châle usagé et pas dans de la fine dentelle même de qualité ! L'ère nouvelle allait mettre à mal son ouvrage, mais soulagerait certainement les reins de son pauvre bougre de mari, qui était bien gentil et avait surtout l'avantage d'être aussi beau qu'un jeune jouvenceau. Il en profitait largement, mais personne n'en parlait ouvertement.

En face de chez Bonne Adèle, Pierre-Adrien Quoniam, le luthier, lui aussi travaillait pour les nantis, les notables, les riches, et avec le nettoyage et l'égalité qui étaient en train de se mettre en place, il allait devoir changer de métier s'il ne voulait pas risquer d'avoir la tête raccourcie !

À côté de Pierre-Adrien, c'était Fulbert, un peu touche-à-tout qui savait aussi bien manier le couteau pour tuer veau, vache et cochon dans les règles de l'art, que fabriquer de la gnole avec un alambic soigneusement caché au fond de sa cave. Les villageois le savaient mais tant que la maréchaussée l'ignorait, tout le monde était satisfait. Parfois sous le manteau passait, en compagnie d'une bonne bouteille, un lièvre bien gras ou un pigeon déplumé qui avaient été braconnés sur les terres de mon seigneur ! Mais qu'importe Fulbert avait lui aussi contribué au bien être des villageois durant la disette et pour cela tout le monde fermait les yeux sur ses entorses à la loi.

Et enfin, la dernière maison de l'autre côté de la rue, en face de chez Théobald, le rémouleur s'était installé là durant l'hiver glacial de 1783. Il s'était tellement plu dans cette ruelle qu'il n'était jamais reparti.

Au fond de ce passage, il y avait le lavoir où plutôt ce qui servait de lavoir pour les femmes du quartier. Fulbert, le touche-à-tout, bricoleur d'occasion, avait aménagé un *arrivoir*[13] sur les abords du cours d'eau afin que les femmes puissent y installer leurs baquets et faire la lessive sans risquer de tomber à l'eau.

C'était arrivé une fois, Marguerite, l'épouse de Pierre-Adrien, avait glissé le long de la berge du ruisseau, et avec frayeur s'était vu engloutir par les flots. Ses compagnes, avaient contemplé la glissade et en riaient encore lorsque la pauvre femme tomba à l'eau. C'est alors, qu'elles comprirent le drame qui était en train de se jouer sous leurs yeux, en ne voyant dépasser de l'onde que le derrière de Marguerite. Sa robe de toile formant un chapiteau autour des fesses rebondies et des remous provoqués par les gestes désarticulés des bras et des jambes de l'infortunée. Bonne Adèle rattrapa un sabot, tandis qu'Arthémise, la femme de Théobald, hurla tant que les hommes de la ruelle arrivèrent en courant. Fulbert n'hésita pas à se jeter à l'eau, mais fut entraîné par le poids de la matrone. Pierre-Adrien se précipita à son tour et dans un flot d'éclaboussures agrippa le derrière de

---

[13] L'arrivoir est un aménagement des bords du cours d'eau afin que les lavandières puissent y mettre leur baquet ou agenouilloir sorte de caisse garnie de paille pour protéger les genoux.

Marguerite, tandis que Fulbert l'attrapa par les cheveux. Ils sortirent de l'eau une pauvre chose dégoulinante de vase, tremblante de la tête aux pieds plus de frayeur que de froid provoqué par sa rencontre brutale avec l'élément liquide.

Les habitants des Roses, comme on les appelait dans le village, vivaient entre eux, en bonne intelligence, sans s'occuper de savoir si la clientèle de l'un était le pauvre manant du bourg ou celle de l'autre, le seigneur des alentours. Ils étaient une communauté bienveillante et solidaire et c'est en toute tranquillité qu'ils avaient caché durant la grande épuration quelques curés et nobles en fuite. Ils avaient surtout permis à Monsieur le Comte Honoré Stanislas de la Martinière, de passer la période révolutionnaire en toute sécurité. Ils aimaient bien leur seigneur qui n'était pas bégueule et surtout aussi pauvre qu'eux. Il avait certes le château pour habitation, mais jamais le sous pour le faire vivre. Sa femme, Mérentine Isabelle de Rambaud des Nualises, était obligée de faire la cuisine ou le ménage elle-même, n'ayant pas les moyens d'avoir des domestiques. C'est donc tout naturellement qu'ils installèrent le couple dans l'ancienne herboristerie et les firent passer pour des pauvres gueux recueillis par charité.

Tout était tellement bouleversé ! Il n'y avait plus de mois de janvier ou juillet, de dimanche ou mercredi, de voisins ou d'amis, mais Nivôse et Messidor, le jour de la carotte ou du dindon, des citoyens, des sans-culottes ou des révolutionnaires ![14] Il fallait faire attention à ce que l'on disait ou vers qui allaient les amitiés afin d'éviter la « guillotine », cet

---

[14] Mois d'automne : **Vendémiaire** (Septembre/Octobre) ; **Brumaire** (Octobre/Novembre) ; **Frimaire** (Novembre/Décembre).
Mois d'hiver : **Nivôse** (Décembre/Janvier) ; **Pluviôse** (Janvier/Février) ; **Ventôse** (Février/Mars).
Mois du printemps : **Germinal** (Mars/Avril) ; **Floréal** (Avril/Mai) ; **Prairial** (Mai/Juin).
Mois d'été : **Messidor** (Juin/Juillet) ; **Thermidor** (Juillet/Août) ; **Fructidor** (Août/Septembre).
Les noms des jours ont aussi étaient modifiés : **premidi, duodi, tridi, quartidi, quintidi, sextidi, septidi, octidi, nonidi, décadi.** Les mois étant de 30 jours, les semaines sont donc devenues des « *décades* » c'est pour cela qu'il y a dix appellations des nouveaux jours.
D'après Fabre d'Églantine « *le calendrier est, par excellence, le livre du peuple. Il faut en profiter pour glisser parmi le peuple les notions rurales élémentaires, pour lui montrer la richesse de la nature, pour lui faire aimer les champs, et lui désigner avec méthode, l'ordre des influences du ciel et des productions de la terre... Les prêtres n'avaient pas ignoré le parti qu'on pouvait tirer du calendrier. Pour propager et affermir leur empire, ils avaient placé chaque jour sous la protection d'un prétendu saint. Mais ce catalogue n'était que le répertoire du mensonge, de la duperie et du charlatanisme*». C'est ainsi que l'on peut trouver le jour de la **Cuve**, de la **Pomme de terre**, du **fumier**, du **dindon**, de **la tanche**, du **chèvrefeuille** et donc aussi le jour de la **Tubéreuse** qui correspond au 23 août jour de la Sainte Rose dans le calendrier Grégorien.
Il faut ajouter à cela les six jours complémentaires nommés « *Les sansculotides* ». On y trouve : **le jour de la Vertu, le jour du Génie, le jour du Travail, le jour de l'Opinion, le jour des Récompenses** et **le jour de la Révolution**, ce dernier étant ajouté uniquement les années sextiles.
Un autre legs du calendrier révolutionnaire est un certain nombre de prénoms tirés du calendrier et passés dans l'usage courant ainsi que l'usage du 2ème prénom qui se répand dans toutes les couches sociales. (Voir *wikipedia/calendrier républicain* pour un complément d'information).

ustensile du diable qui fonctionnait sans arrêt dans les prisons bondées de nobles et de curés !

Boismarin-la-petite n'était pas assez important pour avoir sa guillotine mais l'arbre aux pendus avait fait son apparition au centre du village. Les anciens passaient à côté la tête basse afin de ne pas voir ces pauvres cadavres en décomposition qui avaient été autrefois leurs amis et voisins. Les jeunes s'exaltaient intérieurement imaginant que cela allait donner une vie nouvelle pleine de promesses. Mais aucun n'était finalement persuadé qu'il faille en passer par l'épuration violente pour atteindre ce nirvana prometteur.

Pendant les années révolutionnaires, les habitants des Roses se gardèrent bien de fêter la Sainte Rose le 23 août. Mais pour rien au monde ils n'auraient voulu passer outre leur fête annuelle. Selon le calendrier républicain, ce jour était le 6 Fructidor jour de la Tubéreuse.

La région n'était pas propice à la culture de cette fleur odorante. La rumeur populaire lui prêtait des vertus plus ou moins contradictoire. On disait qu'elle rendait mal à l'aise les femmes enceinte ou excitait les sens des jeunes filles devenus incapables de ne pas succomber à des jeunes hommes profiteurs de la situation. Néanmoins, les habitants de la Rose, confectionnèrent des fleurs de Tubéreuse en tissu et décorèrent la ruelle. Aucun révolutionnaire acharné ne trouva à redire puisqu'ils honoraient le calendrier mis en place. Pour les artisans de l'impasse, l'honneur était sauf, cette jolie fleur était originaire du Mexique comme la petite sainte de Lima !

C'est donc en toute impunité que les habitants de la Rose, se réunissaient le jour de la Tubéreuse pour faire la fête. La seule différence avec les années passées, c'est que la fête se déroulait dans l'ancienne maison de l'herboriste, afin de permettre à Monsieur le Comte et son épouse, à l'abbé Duchesne et son jeune collègue l'abbé Jean de La Monnaye, qui cumulait une particule noble et une religion bannie[15], de participer en toute tranquillité aux agapes estivales.

Par précaution, jusqu'à l'abrogation du calendrier républicain en 1805, les Roses fêtèrent le 6 Fructidor en catimini, car malgré l'abandon assez rapide dans les campagnes et dans la vie de tous les jours de certaines obligations liées à la Révolution, une méfiance s'était installée dans les relations de voisinage.

---

[15] Banni par les plus acharnés des Révolutionnaires. Le Clergé est considéré comme le premier des ennemis intérieurs, et la philosophie de l'époque intervenant les révolutionnaires souhaitent la déchristianisation. Cela n'emporte pas l'assentiment du Comité de salut public ni celle de Robespierre. Il ne veut pas heurter les sentiments de la population restée attachée à la religion. Tergiversations qui ont graduellement relevée la puissance de la religion dans les esprits et l'Église dégagée des privilèges de l'Ancien régime apparaît plus forte d'après le jugement de Tocqueville en 1856. Sources : *La Révolution Française* par Paul Nicolle Docteur ès Lettres – Professeur d'Histoire – Presses universitaires de France – Collection « *Que Sais-je ?* »

Lorsque Monsieur le Comte put regagner son château, celui-ci était encore plus délabré qu'avant ! Du mur nord, qui bordait le ruisseau où le lavoir avait été installé en amont, il ne restait rien. Cette partie là du château avait été démontée pierre par pierre, le plancher arraché et incendié. Il ne restait que la grande cheminée suspendue au dessus du vide et qui semblait supporter sur ses épaules le reste de la demeure.

Monsieur le Comte en bon bricoleur aidé en cela par Fulbert, remit en état ce qui restait de son manoir, mais ne reconstruisit pas la pièce qui bordait le ru. Et très rapidement la mémoire collective oublia ce qu'était cette pièce au temps de la splendeur du château.

Dès qu'ils en eurent la possibilité, les habitants des Roses organisèrent leur fête annuelle et avec force victuailles et prières plus ou moins ferventes selon l'avancée de la soirée, la vie reprit son cour et les chansons paillardes réapparurent. Malgré les souvenirs douloureux des années passées personne ne pouvait répondre à la question rituelle posée le soir de la fête :

Pourquoi ce nom d'impasse de la Rose ?

Alors Fulbert souriait, mais ne disait rien, lui qui avait fait disparaitre les restes de soubassement du mur bordant le ruisseau et qui avait appris par le plus ancien du village l'origine du nom de l'impasse de la Rose.

LES HABITANTS DE LA ROSE ENTRE 1010 ET 1785

La campagne autour de la commune de Boismarin était surtout constituée de lieu-dit regroupant des petites exploitations. Mais il y avait, au Nord-Est du village, un hameau plus important que les autres, agglutiné autour d'une belle demeure ancestrale.

C'est en 1010 que Éric le Hardi, issu des Vikings qui avaient envahi la contrée quelques décennies plus tôt, érigea un château en bois sur une motte castrale.

Vers 1180 son descendant lointain Grégoire la Tanière le modifia en un château fort ne gardant que le soubassement en granit. D'amélioration en amélioration la demeure se trouva dotée au cours des siècles suivant de tours, puis d'un chemin de ronde.

Composé de deux tours carrées séparées par un corps de logis, le château se voulait tout d'abord pratique et facile d'accès. D'un seul étage, les grandes et nombreuses fenêtres apportaient la lumière dans les pièces. Sur le toit, des lucarnes en pignon alternaient avec des lucarnes œil de bœuf. Sur les cheminées dressées fièrement vers le ciel était gravé le blason de la famille : deux dragons ailés entourant un bateau que certains disaient être un drakkar.

Urbain Stanislas de la Martinière, propriétaire des lieux en 1655, prétendait que sa famille descendait des premiers vikings arrivés vers les années 900 dans la région, mais n'en avait pas la preuve en dehors de cette représentation de langskip[16]. Toutefois, ce qu'il savait réellement de son château c'est qu'il était construit sur les vestiges d'un château à motte[17] du Moyen Âge et qu'il n'en avait gardé outre le soubassement en granit, la hauteur de la motte. Les habitants du hameau avaient construit, au fil des siècles leurs habitations à son pied.

Tournées vers le sud, les paysans y installèrent leurs cultures afin de bénéficier du soleil généreux en

---

[16] Autre nom, considéré par certains spécialistes comme plus correct, du navire de guerre viking plus communément appelé drakkar.

[17] Un château à motte c'est avant tout une butte de terre appelée aussi « Motte castrale », souvent artificielle, sur laquelle on a ajouté une tour carrée en bois. Ce donjon est le cœur du château puisqu'il sert à la fois de tour de guet et est le symbole du pouvoir du seigneur sur les terres alentours. (Sources : Chateauamotte.fr)

été et se trouvaient ainsi protégés des vents froids de l'hiver par la masse de la demeure seigneuriale. Qu'ils étaient beaux à voir ces champs de blés onduler sous le soleil estival. On soupesait l'épi avec envie, on évaluait la prochaine récolte, on imaginait les profits, on attendait avec impatience la moisson. L'année était bonne ? C'était joie et ripailles dans la grande cour du château. Le temps était tempétueux et tous les beaux projets étaient anéantis ? Monsieur le Comte offrait à ses villageois un repas au coin du feu dans l'ancienne salle de garde. Alors malgré la disette immanquable durant l'hiver suivant, le vin, la chaleur et la bonne chère faisaient très vite oublier la mélancolie ambiante, et accompagnée du violoneux, la soirée s'éternisait avec des refrains à ne pas mettre dans toutes les oreilles. Bien souvent les femmes et les enfants avaient depuis longtemps déserté le lieu, ne restait que « Nini bâton de chaise » une drôlesse qui ne faisait pas que ramasser la paille pendant la moisson. Bien souvent affublée d'un marmot hirsute et morveux elle riait à gorge déployée lorsqu'on lui demandait qui était le père !

-Qué'tu veux qu'j'en sache ! Y sont point nés avec une estampille ! répondait-elle.

Durant la soirée, elle passait de genoux en genoux et braillait plus fort que les hommes des couplets qu'eux-mêmes n'osaient pas chanter.

Elle ignorait encore que l'un de ses descendants donnerait naissance à une certaine

Marie-Louise Duclous dite Fanchon Lafleur deux siècles plus tard.

À l'est du pied de la motte, les artisans travaillant de bon matin installèrent leur quartier. Ceux qui avaient besoin du soleil dès l'aurore : le boulanger, le forgeron, l'imprimeur.

Ce quartier sentait bon toute l'année, entre l'odeur du pain cuisant dans le four, le feu ronflant de la forge et les senteurs particulières de l'encre et du papier de l'imprimerie.

Le four, légèrement éloigné des maisons d'habitations, par peur de l'incendie, était un four banal, c'est-à-dire un four à droit de ban[18] pour le

---

[18] *Ban* vient d'un mot franc qui signifie *proclamation d'un ordre ou d'une interdiction*. Aujourd'hui, on ne l'applique plus au sens propre qu'à l'occasion d'un mariage : c'est *la publication des bans* (du mariage). Les personnes extérieures au ban seigneurial, autrement dit les étrangers, étaient au Moyen Âge qualifiés d'*aubains*. Le *ban* désignait plus largement au Moyen Âge l'ensemble des vassaux directs que le suzerain pouvait convoquer pour le service militaire, celui-ci ne durant jamais plus de quarante jours d'affilée. Quant à l'ensemble des vassaux indirects (vassaux de vassaux), il constituait *l'arrière-ban* ; il n'était convoqué que dans les cas les plus graves. Éléments essentiels de l'armée féodale, le *ban* et *l'arrière-ban* disparaissent peu à peu à la fin du Moyen Âge, à mesure que se développe l'armée de métier. L'enseigne du suzerain, qui symbolisait le droit de ban, prit en conséquence le nom de *bannière*. Du mot ban dérivent aussi les *banalités*. Ce sont différents droits dus par les paysans à leur seigneur en contrepartie de l'usage de ses équipements (moulin, four, pressoir...). Le ban désigna enfin une peine d'exil, d'où nous viennent le mot *bannir* et l'expression : *être en rupture de ban* (rentrer d'exil). La *banlieue* était l'espace autour du château seigneurial sur lequel nul ne pouvait utiliser d'autres équipements que ceux-là sous peine d'amende. Le verbe *abandonner* (« *a-ban-donner* ») signifie rien

seigneur des lieux,[19] ce qui arrangeait bien Urbain Stanislas de la Martinière car cela lui permettait de mettre bien souvent du gibier et des légumes plus que d'ordinaire sur sa table qui était parfois aussi démunie que celle de ses paysans.

Après avoir confectionné le pâton, chacun apportait son pain agrémenté d'une marque faite directement sur la pâte afin de le reconnaitre une fois la cuisson achevée. Le fournier se mua au fil des ans en boulanger et de four banal, son atelier se transforma en commerce mais avec les exigences de l'époque. Ainsi vers 1570, les compagnons boulangers devaient être habillés uniquement de chemise, caleçon et bonnet afin d'être toujours en état de travailler. Ils n'avaient pas le droit de sortir sauf le dimanche et les jours fériés, ils avaient interdiction de porter épée, dague ou bâton, ni manteau, chapeau et haut de chausses en dehors des jours de fêtes à condition d'être de drap gris et blanc.

Dans le hameau, la maréchaussée venait rarement vérifier cela et le seigneur du lieu n'avait que

---

d'autre que donner quelqu'un ou quelque chose au ban, autrement dit au seigneur. Passé en anglais puis en américain, le mot, après transformation, est revenu en France dans les chansons de rap pour désigner la banlieue : *bendo* ! (Sources Herodote.net/le dictionnaire de l'Histoire/ban, banalité, arrière-ban)

[19] Ce dernier, au nom du droit de ban, percevait une redevance, souvent en nature, mais il devait en contrepartie entretenir le four et le chemin qui y conduisait.

faire de le surveiller. Il était certainement le boulanger le plus heureux de la profession. Ses compagnons des villes risquaient la prison ou étaient accablés d'exigences, de reproches et brimades en tous genres. Jean Ozouf était un boulanger heureux ainsi que ses descendants jusqu'à la Révolution où la condition du boulanger devint misérable. La postérité de Jean Ozouf se transformera en cabaretier puis vers la fin du XIXème siècle en épicier.

À l'ouest, les élevages et pâtures nécessaires pour l'entretien des bêtes à laine, à corne ou à viande ; les hommes s'y occupaient des animaux et les femmes lavaient, cardaient et filaient la laine des moutons.

Le nord fut laissé pour les gueux, les chemineaux[20], les miséreux qui savaient trouver là durant la saison froide, un abri précaire mais ayant tout de même un feu pour les réchauffer le temps d'une soirée.

Cet endroit ne sentait pas bon.

Un ruisseau qui prenait sa source loin dans la forêt adjacente, serpentait au pied de la motte. Entre les animaux qui venaient s'y abreuver et parfois patauger dans la boue de son lit, les artisans qui y récuraient leurs instruments, gamelles et autres outils,

---

[20] Chemineaux en référence au chemin que cheminaient les vagabonds. Plus tard on les a nommé des routards puis maintenant des SDF. Quelque soit le siècle ils restent des vagabonds qui n'ont pas choisi volontairement cette vie d'errance.

les lavandières qui y effectuaient leur ouvrage à l'année et les habitants du hameau qui y déversaient leurs détritus, le ruisseau, débarrassé de ses déchets par un étranglement au centre de la partie nord partait ensuite joyeusement courir la campagne.

L'amoncellement d'immondices pourrissant sur place était régulièrement arrosé par les latrines construites en encorbellement[21] à l'aplomb du château afin que le pertuis se déverse directement dans le ruisseau. C'était ainsi plus propre pour les habitants du château mais nauséabond pour ceux du quartier nord.

Ce désagrément prit fin au début des années 1500 par l'aménagement de l'évacuation. Dans un premier temps, il fut installé un tuyau qui remplissait un gros tonneau posé près du ruisseau. Les grandes chaleurs de l'été 1535, accéléra la fermentation et la cuve sur laquelle on avait oublié de poser une ventilation, explosa parfumant les alentours.

Tous les habitants du hameau vinrent voir l'endroit ! Il était tout de même surprenant de voir les arbres si verts d'habitude d'une couleur que personne ne saurait définir vraiment.

---

[21] L'encorbellement, est un système de construction de pierre ou de bois qui permet de porter une charge en surplomb sur le nu d'un mur, d'une pile, d'un contrefort. On dit construction en encorbellement pour désigner la partie d'une bâtisse posée sur un encorbellement

L'odeur y était insoutenable. Une étoffe épaisse sur le nez, Monsieur le Comte fut très étonné de découvrir que les intestins de sa maisonnée puissent modifier à ce point le paysage.

Il fallait trouver une autre solution.

On enterra le tonneau en oubliant une fois encore la ventilation. Il explosa de nouveau créant un gigantesque cratère au milieu du quartier Nord.[22]

Le ruisseau trouvant là un nouvel espace, il se déversa allégrement dans le trou béant. Malgré la puanteur des lieux, l'eau y était limpide, filtrée naturellement par l'amas de pierres et de glaise que l'explosion avait soulevé.

Les lavandières ne s'y trompèrent pas et, chaque jour, venaient investir l'endroit avec les brouettes, battoirs, savons et commérages propres à la profession.

Lorsqu'après plusieurs tentatives, les propriétaires successifs de la gentilhommière, trouvèrent enfin la solution à l'évacuation des latrines, le quartier Nord trouva son équilibre. L'odeur était toujours là, mais le ruisseau assaini attira au fil des années une population qui se sédentarisa.

---

[22] Cette ventilation si utile a enfin trouvé sa place plus tard sous le nom de *latrine améliorée à fosse auto-ventilée* ou LAA en abrégé, mais l'acronyme anglais VIP est également très souvent utilisé, abrégé de *Ventilated Improved Pit latrine*… cela laisse songeur !

En 1540, il fut d'abord construit un lavoir afin de canaliser le cours d'eau, puis trois maisons furent construite de chaque côté. En bois et torchis, elles brûlèrent entièrement lors d'un incendie en 1695. Reconstruites sur les ruines calcinées, mais cette fois en pierre, Monsieur le Comte trouva le matériau trop noble pour y abriter des gueux, il y installa des artisans.

Dans la première maison à gauche, Gauvin Ozouf descendant de Jean, ouvrit une taverne où un ménestrel, revenant tous les ans à la même date, donnait des nouvelles du reste du pays dans ses chansons.

À côté de la taverne, un braelier[23] fit commerce quelques années avant de céder la place à un tisserand, qui arriva avec un métier à tisser si imposant qu'il fallut plusieurs mois pour le monter dans la pièce principale de la maison. Il y resta en activité jusqu'en 1830. L'une des filles du tisserand s'installa dans la maison d'à côté avec son mari, Albéric Puymoret, un colporteur qui partait du mois de mars à la fin novembre. En attendant son mari, Perrette Puymoret faisait de la dentelle. Au mois de mars lorsqu'il repartait sur les routes, il emportait son ouvrage pour le vendre un bon prix dans les maisons bourgeoises qu'il visitait tous les ans.

---

[23] Un Braelier est un marchand de toile et fabricant de braies, pantalons en toiles ou cuir, hautes de chausses…

Une année il ne revint pas. Craignant qu'il lui soit arrivé malheur, Perrette partit sur les pas de son époux. Elle le découvrit à quelques kilomètre de là en parfaite compagnie. Il avait femme et enfants dans la ville voisine. Dépitée, elle rentra et décida que plus jamais de sa vie elle ne ferait confiance à un homme. Albéric ignorait que sa tromperie allait sceller pour les siècles à venir la destinée des femmes de la famille. Aucune d'elle ne se mariera, mais toutes auront des enfants.

Monsieur le Comte qui était mélomane, usa de son influence pour faire venir d'Italie, un maître luthier, qu'il installa à ses frais dans la maison en face de Perrette. On découvrit très vite que Bernardo Ponti était aussi italien que Perrette n'était pas cocue. Mais il était si agréable à vivre, si gai, si drôle et il travaillait si bien, que personne ne révéla son secret dans le reste du hameau.

Dans la cinquième maison, Nini bâton de chaise avait été installée là par le curé avant l'incendie et tout naturellement ses enfants et petits enfants prirent d'assaut la nouvelle habitation. Il fut impossible de les en déloger. Jusqu'au jour où Gilbert Duclous rentra aussi rond qu'un tonneau. Sa femme Léonce refusa de le faire entrer. Le lendemain, Monsieur le Comte et le curé vinrent l'informer que Gilbert était mort de froid dans la neige, à l'entrée du bourg.

—Pourquoi ne l'as-tu pas laissé entrer ? lui demanda le père Javalet

—Bééé il était bourré comme une queue de pelle m'sieur l'curé ! J'allais point l'laisser entrer ! Quand il est fin saoul i'm'fait un loupiot ! Y'a déjà douze descendances, y'a point besoin d'en faire plus !

—Oui, mais ton mari est mort de froid quand même ! insista Monsieur le Comte.

—Ah béé dame c'est point d'ma faute, bourré comme il était j'y'a donné du sel pour qui s'conserve comme on fait pou'le cochon, mais là ça a point marché !

—Enfin Léonce c'est ton mari, pas un cochon !

—Bah c'est qu'vous voyez pas s'qui fait au lit ! C'est pire qu'un cochon et aussi rapide qu'un lapin ! C'était pas un mari c'était une basse cour à lui tous seul, répondit-elle dans un grand éclat de rire.

—Comment vas-tu faire vivre tes douze enfants ma pauvre Léonce ?

—Vous inquiétez point m'sieur l'curé, les filles de la famille ont toujours su s'placer comme y faut !

Il fallut tout de même attendre l'installation de Fanchon la Fleur dans le rôle de dame maquerelle pour que la prospérité arrive enfin dans la famille. Mais ça Léonce pour le moment l'ignorait.

Il fut décidé que la dernière maison était réservée pour loger les miséreux qui erraient sur les routes. Dès que l'un deux arrivait, les habitants de la rue déposaient sur le bord des fenêtres un bol de soupe pour le pauvre gueux qui tentait tant bien que mal de se réchauffer blotti près de la cheminée.

Quand le hameau primitif devint petit village, il fallut lui donner un nom. On baptisa le lieu : Saint-Paul de la Martinière afin d'honorer le frère de Monsieur le Comte parti prêcher la bonne parole chez les indiens d'Amérique et dont on était sans nouvelles depuis des années. Il fallut attendre le retour d'un de ses coreligionnaires[24] pour apprendre que le pauvre missionnaire avait fini scalpé, torturé et brulé vif par les indiens iroquois. Paul Grégoire Marin de la Martinnière était mort dans la piété et si le pape n'avait pas l'air de vouloir le canoniser dans l'immédiat, le village allait prendre de l'avance. La prévôté de Boismarin, la ville la plus proche, ne fut pas d'accord et négocia avec Monsieur le Comte afin de calmer sa piété toute relative. Après âpre discussion on accorda au village l'appellation de Saint-Paul de Boismarin.

On décida également de nommer les rues du bourg. Cela fut assez facile pour le quartier Ouest puisqu'il était traversé par la rue où se trouvait l'octroi. La rue principale du quartier Sud, reçu pour nom la rue du carré du chou, étant donné qu'un carré de choux persistait à vouloir pousser au milieu du chemin. Malgré la terre retournée, tassée, piétinée par les habitants, tous les ans les choux refaisaient leur

---

[24] Personne qui soutient les mêmes idées que certains autres, ou professe la même religion que certains autres.

apparition. Dans la foulée, les femmes enfantaient aussi fréquemment que les choux repoussaient. À l'Est, se trouvait la chapelle puis plus tard l'église et naturellement la rue s'appela d'abord la rue de l'église puis la rue Monseigneur de la Martinière en souvenir de l'évêque du même nom qui, disait-on, avait accompagné Alfonso Borgia, pape du nom de Calixte III en 1455. Son accointance avec les Borgia, considérée comme la décadence de l'Église catholique romaine, mit à mal sa piété. La rue devint simplement la rue Monseigneur. Monsieur le Comte voulait bien que l'on tienne compte de ses ascendants mais ne voulait pas que ceux là jettent l'opprobre sur ses descendants.

Le choix d'un nom pour le quartier Nord, fut plus compliqué. Monsieur le Comte ne voulait pas de relation entre son patronyme et celui de la voie malgré les relations intestinales qu'il y avait. De plus, la rue n'avait qu'une seule issue, étant fermée en son bout par le lavoir et le mur d'enceinte du château. On la baptisa d'abord « l'impasse » et lorsque ce nom fut presque devenu habituel, le ménestrel qui arrivait chaque année le 23 août, proposa de la nommer l'impasse de la Rose.

« Ainsi, disait-il, si on vous demande un jour pourquoi ce nom vous pourrez toujours dire que c'est pour la fête de la Sainte. »

Et quand à la veille de la Révolution on demanda à Vincent Ozouf le plus âgé des habitants de l'impasse pourquoi ce nom, il répondit :

-Parce qu'ici ça a senti plus souvent la merde que la rose ! Rien de tel que la lie de la terre pour devenir quelqu'un. Quand tu es au plus bas tu ne peux que monter. Rappelle toi de cela mon garçon et laisse les gens imaginer ce qu'ils veulent, laisse les prier la Sainte, laisse les faire leur dévotion, ne leur dit jamais les raisons exacte du nom de la rue car pour le commun des mortels, une réussite qui sort de la merde ce n'est pas crédible, mais s'ils imaginent que la main de Dieu n'y est pas étrangère, ils seront plus sereins. L'important dans tout cela, c'est que toi et tes descendants vous puissiez vivre sur leur crédulité. Tu verras que dans les siècles à venir l'impasse de la Rose sera sans aucun doute la rue la plus célèbre du village et que les habitants de la Rose y vivront bien et en bonne entente. Quand on a les deux pieds dans la merde, on fait tout ce qu'il faut pour s'en sortir et pour enfin sentir la rose !

"Ce que tu manges devient pourriture,
ce que tu donnes devient une rose."
Proverbe persan

Sauf mentions contraires, les sources des notes de bas de page proviennent de :
Wikipedia ou **Wiktionnaire**.
Les explications des différents métiers ancestraux ont été prises sur le site :
« *Les métiers de nos ancêtres* » Copyright © : D.Chatry 1997.

Illustration couverture :
Créative common – images créées avec disco-diffusion v5.4

Merci à Rénald, Joëlle, Valentine et Suzanne pour leurs différentes réactions constructives.
Merci à la petite Isa pour sa relecture experte.
Encore une fois merci à mes deux historiens de cœur Alistair et Sosthène.

Du même auteur

Bochau
(Autoédition chez Bod)

Le Salon
(Autoédition chez Bod)

L'impasse de la Rose
(Autoédition chez Bod)

À paraitre en réédition

Le mur des Hascoët

- *Le Clos Vivien*
- *Les Laudières*
- *Le Clos Lavallière*
- *La Dignée*
- *Le Mesnil*